鉄橋

松山足羽

東京四季出版

序

横町を竹馬が来て二月来て　昭51

私が松山足羽さんとの出会いだったと記憶するのは、掲出の句にお目にかかったあたりである。その時が初対面の機会であったというのではなく、俳人同士の出会いとは、作品によって印象付けられ、作品によって人となりを理解し、共々、俳人としての評価を心に置きながら、互に親しく啓発を受け合う人間関係に立ち到ったときをいう。この句は、確か、昭和五十一年の二月の東京例会に出句されたものであった。私が推薦作としたことを覚えているが、私にはそれなりの感懐の背景があってのことであった。その前年の秋、我々が師と仰いだ角川源義が逝去した。私は後継主宰に推され、結社誌の運営に当ることになった。思いがけないことであったが、師の逝去が齎らした私の重責を痛く感じたものだった。だが、そのことだけではなかったのである。当時、第一義的に考えなければならなかったことは、源義が生業とした出版社の経営基盤を、万が一にも揺がすことのないよう総務担当として果たさなければならない仕事があった。いま考えれば緊張の日々が続いた。心労があった。そして、百日忌を終えたあたりで接したのがこの句であった。殊の外、寒気をきびしいものと受け止めていた心情に、春の到来を気付かせて呉れた句であった。句のうちにある淡い所在感が、先々のことを思わせて、私の心情に合致するものがあったのである。

寒泳の弓矢放ちし矢を追はず　昭51
嚔して木曽山中と知らすなり　〃
雪や降るたちまち黒が一切事　昭52
倶利迦羅の墓が顔出す日脚伸ぶ　〃
漣のまたさざなみす蟇交む　〃
やすやすと月光入りぬ産児室　〃
蟇のほか入る隙もなき満月よ　昭53
渓雪解濤と見るまた濤と聞く　〃
鰯雲大団円にあるごとし　〃
鴛鴦眠り山の眠りのつのるなり　〃

松山足羽さんの俳句の気脈を成すものは、清韻を求める詩情と体感としての温みにある。詩情の喚起によって発露される氏の抒情世界である。家集『鉄橋』の前半の部分の作品では、鮮明にそのことが印象付けられるが、その詩情とは、氏自身の美意識の選択であって、万象への素材への求め方も、句の内容のあり方も、性情的ともいってよいその傾向にある。したがって、氏の作句姿勢は、何よりも感性による受け止め方を優先させ、写生とか、写実とかという手法によることは少なく、能動的に主情世界を生んでゆく。句作即創作の願望に満ちた世界となってゆく。時にそれは、幼児の頃から抱き続けた希いのようでもあり、あるいは氏のうちに宿している郷愁の仄かな漂いでもあるようだ。

大試験地球の丸きこと如何に　　昭52

新角の出てのめりたる田掻牛　〃
ジングルベルなどと債鬼の来てをりぬ　〃
源五郎と知られたるあと浮上せず　昭53
紀の国の蟇に蹴られて立夏かな　〃
蜥蜴とも膝つき合へり春落葉　昭54
臼が出て来てそれからそれへ敗戦日　〃
桂郎の貌にことききれ枯蟷螂　〃
青毛虫たわみさだまり悪徳中　昭55
啄木鳥と同じ朝日の一小吏　昭56

松山足羽さんは福井市の出身である。俳号が足羽川に因んでいることは、氏の郷土へのこころの一端を語っている。後記にもある通り、ご尊父の家業の倒産を契機として、大阪へ出、その後の人生を歩まれる。外地を含め社会人として各地に転じているが、郷土への思慕を強めているものがあったことは確かだ。その証左のように、前述した氏の清韻を求める詩情と、体感のままの温みが、氏の句にある。こころの中に原点として郷土の風光が存在しているかのごとくにである。私も年に何度かこの地を通る。周辺はいまもって美しい。遠望に青い山並みが連なっている。九頭竜川も足羽川も清い流れだ。そして広く田畑が展けている。冬季は北陸地方特有の豪雪地帯に化すが、京都に近いという意識のせいか、景観にやさしさがあるように私には思える。その風光と足羽さんの俳句の世界とが、私の胸裡に描くものでは一つに重なる。当然のことなのだろう。足羽さんの温み、やさしさは、雪の感触なのだろう。清韻は流れを見て暮らした感覚なのだろう。その足羽さんと対話していると、全く汚れの無さである。人に対する見方も、物事に対する考え方も、肯定を前提とした善意があって気持がよい。氏の前向きな生き方が感じられて来る。氏の俳句に、暗部の奈落が無いこと、陰湿さが無いことは、その人柄から来るもので故なしとしない。その性格の発露として、氏ならではの俳諧性と目される句が混る。前記した作品らがそれに当る。特に動物と兼ね合っている句に注目したい。生きものに目を向けた弾みごころには、氏の面目躍如たる句の世界がある。

松山足羽さんの俳歴の初めは、戦前に遡る若い時代である。それからの句作の心懸けの年月を通算すれば、四十年に間もなく達するだろう。だが幾度となく欠詠の期間がある。誰もがそうであったように、戦後の現実生活に囚われざるを得なかったからである。男の壮年期でもあった。止むを得ない仕儀である。足羽さんはいまでも多忙な身である。長年勤続後は、独立自営して商に従事している。そのことがあって、私が足羽さんと顔を合せることが出来るのも、年に数回程度のものである。氏の消息を知る方法は、毎月の誌上発表の作品を通してである。その作品から、私の氏の心の襞を探って読む。

蜷の道行きつくところ来てをりぬ　昭55
ほとほとと光りありけり青瓢　〃
躓きて雀斑ふやして大暑かな　〃
烏瓜母につながる姉の逝く　〃
暮れの雪音声菩薩で終りけり　〃

春霰性感に似し横走り　昭56
落椿老鯉なるゆゑねむりけり　〃
自転車は地のやさしさや天の川　〃
手の甲のいつ黒ずみし枯野来て　〃
紅涙といふ美しさ山茶花は　〃

松山足羽さんの生来の抒情の姿は変ることが無い。感性のよさも脈々としている。違って来たなと思われるところは、年齢の高まりに伴なう心境的な句がのぞきはじめたことである。かつては全体感であった感性の句が、視点を求める感性に移りつつあると思うところがある。〝鰰や末弟ゆゑに死にのこり〟の自己の見据え方が、物事の見方を支配しはじめた兆しがある。今までは気付かなかったことが、家集として一つに纏められてみると着実に進行している。俳句の歩みとはこわいものである。

鉄橋を決意としたる雪解川　昭57
鶯と目白の喧嘩期待感　〃
鹿尾菜干す大事な道と思ひゆく　〃
親指の腹の鬱持つ雪催　昭58
蟇鳴くや濤の出会ひが高くなり　〃
裸にて人を替へたるごとくをり　〃
春火事のあと白昼ののこりけり　昭60
舟虫の敷居にをりぬ原子炉港　〃

特筆しなければならない句は他にも数多くある。第二句集では、足羽俳句はどのような展開になるのであろうか。氏の今後の活躍を期待して見守りたい。

昭和六十一年十一月

進藤一考

目次

句集

鉄橋

人叢書第四十六編

春の露

昭和十五年〜三十二年

蘖や昼から見えて日本海
昭和十五年

青芦やハーモニカにのる風走り

のれん文字風に揃はぬさくら餅
昭和十六年

向日葵の照りを集めし曝書かな

ことごとく春の露もつ木賊かな

甲板へもつて出て来しチュウリップ

折詰に鯛おしまげて春の宵

いただきに光りのせくる卯浪かな

神戸港より中国上海市へ渡航

そのなかに恩師の振れる冬帽子　昭和十七年

松の上に花雪洞のまあたらし　昭和十八年

心すでに妻とし青き踏みゆけり　昭和二十年

花の駅の中なる君を見失はず

昭和二十一年

着ぶくれて引揚船を待つばかり

ハーモニカは瓜番小屋でありにけり

秋晴や橋をなかばの日本海

菱採りに障子洗ひの波の来る

昭和二十二年

雪礫海に吸はれてゆくが見ゆ

つばくらめ涼し二人の川の前

雲はみな阿蘇の山出て葉鶏頭

母の国長いすすきの吹きそろふ

雪解風に炭団の灰をとられけり
昭和二十三年

群羊としづかなるもの冬の海

竜胆や乙女の声は撥ねかへり
昭和二十四年

母と子にすぐやはらかき苜蓿
昭和二十五年

父の拳子の拳赤銅色競ふ

昭和二十六年

繕つてをればやすらぎ鉦叩

いくたびもひめゆりの塔夕焼くる

昭和二十七年

守宮達喉で鳴き合ひ颱風来

昭和二十九年

出航の銅鑼に闘ふ熱帯魚
琉球木槿ゆれにゆれては天高し
囚人服の紺の集まる島の秋
上陸の良夜の影を古仁屋港

昭和三十年

大寒の午砲の切れてしまひけり

春愁のセロ抱き弾くは父の影

ががんぼや怒濤の上の一家屋

愛と死の短き詩よ冬隣る

惜別や人が行かねば雪の原

駅よりは泣けて大きな牡丹雪

昭和三十一年

春の電柱抱きて架線夫笑ひ飛ばす

ファンタジア室いつから棲むや春の鼠

昭和三十二年

家の蝶干潟の蝶に遊びに行く

蝗飛び交ふこと大正の思ひ出に

コスモスの晴れに猟男の集合時

大あくびして鼻白む冬の猿

町雀

昭和四十五年〜五十年

釘箱に昼のこほろぎ釘探す　昭和四十五年

邂逅もなし雪の鴉に見られをり

白と黒の碁石端正花曇り　昭和四十六年

絵日傘を開きて美しき蝶たらむ

蹠型にあれば蹠型蝌蚪の陣

一村の長者の柿として樹ちぬ

昭和四十七年

補聴器や木枯しは身を貫きて

剝製や一夜の雪がどかと溜る

沼と川相逢ふ光り枯真菰

ビルの花壇東京陽炎生まれけり

落椿蜘蛛躍り出て崩れたる

夏場所の通りとなりぬ水中花

水鶏鳴く沼の陰りは山かげり

墨壺も忘れてをりぬ盆休み

くちなしや土曜を終へし勤め妻

カナリヤの鳴かぬ大暑の朝曇

万太郎安鶴も逝きしぐれかな

竹人形雪艶やかに降りはじむ

大店の大戸の下りし去年今年

昭和四十八年

寒鯉をたびたび見やり風邪三日

黄金週間は晴れ蝸牛深睡り

田をあげて蛙の声は花婿に

暑さ敗けして喧嘩らし町雀

昆虫網大方売れて水打ちぬ

金魚飼つてインコを飼つて象牙店

噎せば飛び出しにけり沼鼬

飾り紅葉に空を仕上げて古着市

鯰鍋ときまりて女流帰りけり

娘の義父といふは可笑しや温め酒

羽子板市托鉢の僧立ちにけり

豆撒くや雨戸を開けて隅田川

昭和四十九年

雛の間の見えてゐるなり理髪椅子

鯉幟り手繰る暮しの隅田川

祭浴衣干せば踊りて神田川

短冊は滝の一句よ理髪椅子

晩涼や宝蔵寺門にべた坐り

隠さずに秋刀魚の路地でありにけり

ボーナスもはや子に負けと知りにけり

梟ややがては耳も眠るべく

身がらみに荷物かつぎぬ十二月

昭和五十年

追儺豆雨戸二枚の鬼を打つ

蜷の道のびのびとして宗吾の地

家鴨の子脚くくられて梅雨出水

かなかなやふりむくことの淋しかり

家鯉に西瓜食はする大暑かな

唐辛子暁けより晴れの決まりけり

ラムネ屋夫婦来てパラソルの店開く

曼珠沙華帰るほかなき父の性

七八人起ちて堅固の案山子群

先師角川源義また石川桂郎相ついで逝く

炬燵してさるのこしかけものがたり

石蕗の黄は必死なる色東尋坊

蒲の穂の枯れて父恋ふ日なりけり

冬浪や出会ひがしらの深庯

縄目地蔵に呼ばれて戻る村時雨

舌頭千転時雨忙しくなるばかり

厚生園玻璃戸二枚に柿干して

枯蟷螂

昭和五十一年〜五十三年

昭和五十一年

左義長や誰ぞ眼なしの大達磨

寒泳の弓矢放ちし矢を追はず

横町を竹馬が来て二月来て

ぬくめ酒泣き虫義憲にタオルやる

冬泉いのちのひかりありにけり

知られざる一末弟や三汀忌

啓蟄や布袋担ぎに小買物

来る鳥の有頂天ぶり辛夷咲く

眼鏡屋の眼鏡春宵あまさずに

継続の一語に生きて花辛夷

送乳車みな戻りたるクローバに

河豚供養築地の昼に我をりて

下ろし金水に預けて麦の秋

水中花世辞とはかかるときに言ふ

妊婦服娘が着て晩夏極まれり

ふるさとの山河に隠れサングラス

掌に秋をのせたる如くマスカット
夕顔やすこし扉あけて産児室
はずみ切りして咳飴の小春立つ
噎して木曽山中と知らすなり

どおつと来てその山影の軒氷柱
石蕗の黄の時に佇つことありにけり
金銀の聖樹の星の賃仕事
昭和五十二年
百の帆を立てて勤めや寒の入り

一月や徒手空拳の腕二本
田鴉がまた三寒の人泣きす
冬菜干す家並相似て喪の家に
雪や降るたちまち黒が一切事

倶利迦羅の墓が顔出す日脚伸ぶ

山腹に声あがりけり蟇交む

陽炎の深みとおもふ奈落あり

空港になるかならぬか麦を踏む

大試験地球の丸きこと如何に
茶碗二個買つて待ちけり啄木忌
何もかもゆるしてをりぬ春蚊かな
漣のまたさざなみす蟇交む

新角の出てのめりたる田搔牛

花えびね漣のごとくに夏立ちぬ

青麦や泳ぎ返して郵便夫

帰るべき妻の家あり鶺が飛ぶ

ががんぼの一間でありし夫婦かな

やすやすと月光入りぬ産児室

島の猫恐れてくぐる花南瓜

個人タクシー出て頭垂れ広島忌

夕映えや離職の椅子をなでてをり

電球一つ借りて増やしぬ地蔵盆

沼田螺ばかりがのこり盆の風

臍を噬むほどの酔ひなり帰り花

片町にはや霰打つ菊膾

蜘蛛の囲の窺ふ隠亡沼といふ

空蟬の梁にすがれる姫の宮

金魚田の一夫一婦の小昼食時

着ぶくれて能登の影なり父を継ぐ

蟇神の上眼おくりや神無月

手づかみの米賽銭や蟇の神

紀淡海峡枯蟷螂の永く待つ

二の酉の手足淋しき日なりけり

海鼠嚙む沖に父の語ありにけり

竹人形今年の雪の影を生む

故郷の名の汽車過ぐ寒き眼して

ジングルベルなどと債鬼の来てをりぬ
枯るる中シャボン親しくなりにけり
きりたんぽ孝子たらざる日を嘆く
冬雲の眉間に来たる父なくて

昭和五十三年

煮凝りを猫に年頭教書読む

手套より手が出て万の鴨うごく

咳くをしばらく待ちぬ寒鴉

寒鯉の上眼と会ひぬ金も無し

襖より獏は爪先立ちてをり

色恋のことは飛ばして着ぶくれる

象牙婚孔雀まで来て春日浴ぶ

蟇のほか入る隙もなき満月よ

出会ひして箱根八里の蕗の薹

花林檎きのふのけふの妻愛す

春蟬のたまりかねたる山法師

草笛の青の中なり最上川

即身仏十指ゆるみて若楓
鳥休めの一樹伸びきり雪解渓
渓雪解濤と見るまた濤と聞く
形代の流れて寧し渓杏

捕虫網荷に加へたる熊野灘

田植笠二つに勇み合ひにけり

源五郎と知られたるあと浮上せず

山河して寝息となれり籠螢

紀の国の蟇に蹴られて立夏かな

荒草のとどめなきとき牛蛙

ががんぼと四五日同じ木枕に

炎天のうしろ思へり孔雀鳴く

誰何してわれと目覚めぬ夾竹桃
紙魚走りあといなづまとなりゐたり
飛魚に遅れてばかり入日なる
墓の声聞きに宵待草を過ぐ

僧形となる炎天の嵯峨の道
火だるまとなる流燈を見せにけり
流燈会声のとどかぬ声を出し
蛾の眼してへばりつく敗戦日

寸分の西日の影も声嘆く

秋風や亀を出たがる亀の首

鰯雲大団円にあるごとし

雪の田となりて自転車思ひ出す

枯瓢簞男忘れてゐたりけり

七面鳥起ち上り見る年の暮

鴛鴦眠り山の眠りのつのるなり

暮れの雪

昭和五十四年～五十五年

昭和五十四年

太箸の二条に日本天気よし

卵黄の緊迫感に冬の海

竹人形前かがむほど春の雪

泡立草臆面のなき枯れざまに

かいつぶり夢にまた出て喪の明けず

犬ふぐり大きく伊豆を歩き出す

野鼠のひっこみつかぬ桃の花

城山へ春田坐って始まらず

蜥蜴とも膝つき合へり春落葉

蜜蔵院子雀をまたまた増やす

山の猫まだ油断せず華鬘草

四月馬鹿薄目を開けてもう開けず

葉桜の暗さにもどり一獄舎
八十八夜川幅を出て鵜の声に
家近く蛙田に泣きまぎれけり
不渡りの紙一枚のさくらどき

石をもて撲たるるごとくサングラス
謀られて膝かかへけり行々子
荒寥たる真菰田となる田を売らず
浮巣見てわれに恒産なしとせり

一茎の桔梗とせり摂津道

虎杖の箸を涼しくまゐらせり

風蘭のかそけくなりし山午睡

煙突の煙都の休み盆支度

臼が出て来てそれからそれへ敗戦日
身体髪膚うすく戻りぬ草の花
尺蠖の屈伸たとへば膝老いぬ
みちのくの古鏡曇りに稲架急ぐ

科織に秋の入日のたゆたふよ
枢負ふしぐれの虹のうすあかり
鶏頭の敗者たるごと日当れり
形代のあと知らずゆく秋の風

月山へ道を残してすがれ虫

鷺歩くほかは鳥なし時雨の忌

十一月川ひき緊まる畳踏む

姨捨や月持上げて山の道

愛子の虹また虚子の虹時雨けり

桂郎の貌にことされ枯蟷螂

雪や降る雪や母胎にあるごとし

餅を焼く雪くらがりに父のをり

雪兎濤越ゆるとき越前に

昭和五十五年

箸置きに二日の箸の能の家

帰るべき道の細りて冬薊

竹光のごときに構へ寒の入り

嬰の睡り燦々とせり雪兎

陰雪や四五歩は父に似て追へり

死後に持つ手紙ふやして春淡し

肩掛を翼のごとく雪解川

蜷の道行きつくところ来てをりぬ
霾るや風呂敷で来し螋酒
草餅のいかにも日影まろきこと
夢殿や山極まつて朧なり

麦は穂に鍋釜を持つ乞食よ

慶応もむかしむかしの蟾蜍

老鶯や亡き城のまたあるごとし

青毛虫たわみさだまり悪徳中

田蛙や愛がだんだん弛みゆく

大ジョッキ干したるごとよ定型論

夏の日や肘を淋しく老ゆるなり

向日葵のかんかん照りよ武甲山

ほととと光りありけり青瓢

躓きて雀斑ふやして大暑かな

敬老の真珠の首輪して眠り

鶏頭の日を蹴落せし高さかな

仏生の山急がずに穴まどひ

蜆蝶あとむらさきの夜なりけり

露けしやまだ前にして一色紙

烏瓜母につながる姉の逝く

草の実や一夫一婦のほか知らず
叡山の水の急かるるけらつつき
水曇りして淡海路の頰かむり
籾を焼く遠まなざしは妻にあり

蛇穴に吹かるるものに菓子袋

千両の万両の照り野分吹く

蓬髪の足の二本に鳰潜る

少年の声すぐ消えて冬の蠅

蟷螂の死や眼前の夕日落つ
雁渡る湖北に白暮見るごとし
暮れの雪音声菩薩で終りけり
毬栗もででで虫も枯れ人の掌に

鶏頭

昭和五十六年〜五十七年

足羽山公園

昭和五十六年

継体天皇大頭なり雪積もり

干鰈して苦に楽のなかりけり

田のむかし蜷のむかしの親不孝

春霰性感に似し横走り

仏壇に近づかずゐて余寒顔

春暁や温泉に浮かしては土不踏

妙齢の息たじろがぬさくら幹

水蜘蛛の水掻きたてて春の森

梅一枝昼の妻とも久しかり
蟹喰つて郷の貧乏言はずじまひ
ブーゲンビリヤポインセチヤと戦なし
臍の緒の箱をゆるがす春雷ぞ

桜前線美髯増やして待ちにけり

生ビール氷河のごときセロリ食む

春怒濤遅れて蟇の居直りに

夜桜の鬼気の迫りて通さざる

落椿老鯉なるゆゑねむりけり

石鹼玉離宮の池を飛び出して

鬣は馬のせつなさ月見草

頼信紙故郷の匂ひす小昼顔

待宵草妻に呼ばるるごとくかな

百老の顔にわれ見し日の盛り

自転車は地のやさしさや天の川

花茣蓙を訪はるるまでは甲斐の山

鑑真和上微塵なかりしさるすべり

肘張つて肘を反射す雲の峰

催眠の花を百とす白木槿

玉虫を覗き淋しさまぬがれず

男どきは旅にあるごと鰯雲
手の甲のいつ黒ずみし枯野来て
瞳孔に枯るるもの見て戻りけり
一敗地たる影を曳く冬館

布袋草富貴は強慾たるごとく
啄木鳥と同じ朝日の一小吏
紅涙といふ美しさ山茶花は
冬ごもり孝といふ字の抜け難く

外套の奈良大仏を出て来たる

抽出しの声が飛び出し虎落笛

一日蟬見極めて善為し難し

花南瓜末端に咲き老いらくに

鰰や末弟ゆゑに死にのこり

昭和五十七年

冬苺君津の海の真上なり

鉄橋を決意としたる雪解川

鶯と目白の喧嘩期待感

老酒といふあまやかな春の山
管楽器絃楽器ねむる朧かな
神官を霞に加ふ安房の国
鹿尾菜干す大事な道と思ひゆく

朴散華月にもありし息づかひ

出藍の高さ泰山木咲けり

籠枕当てたる四万六千日

冷房にゐて人生を譲らずに

向日葵は海の真中の匂ひする

竹箒棒となりゐる旱かな

待宵草見ゆる距離にて濤の上

虫干しの声南無南無ときこえけり

曼珠沙華人のうしろにまはるとき

画仙紙のほどに涼しさくりかへし

鶏頭を千刃と見し昏さかな

鶏頭の姨捨山はまだ暮れぬ

爽やかや山の笑ひは山に消ゆ

コップ酒に虫の溺れて芋煮会

お茶碗に蓋のある世の時雨かな

泰平は冬日に似たり仙変台

干草を抱くは色感たるごとく
越前の目刺遮二無二口利かず

更衣

昭和五十八年〜六十年

昭和五十八年

水仙は秘色のいろに言はぬこと

紅梅のこころとなりし川幅に

親指の腹の鬱持つ雪催

冬欅ならば全き日向ぼこ

春日とは馬のよろこぶ馬の影

蟹を喰ふことも賢く老いにけり

滝口の春日のあとは落ちにけり

白山の胸幅恋ふるいぬふぐり

裏日本といふ名に出でて雪解川

纜に鶺鴒の来て彼岸入り

春愁や貝の釦を五つ綴ぢ

更衣水脈を曳きたるごとく出て

山椒を精悍とせりかたつむり

蟇鳴くや濤の出会ひが高くなり

敗け犬の夢の醒めたる十薬よ

紺碧といふのみにしか桐の花

泰山木王冠かむることもなく
文芸に窄むるごとく朝顔は
百獣の王に雀に青嵐
向日葵の種充満す嫌悪感

風蘭やときには山も夏眠り

裸にて人を替へたるごとくをり

念頭のときに一列秋の鯉

まち針の玉の優しさ十三夜

枯るるもの枯れたるものに枕かな

町並を魚眼に釣瓶落ちにけり

鱓が一番鮫が二番と涼しかな

沖見ゆるとき鶏頭の睥睨す

電気剃刀しばし充電桂郎忌
頰かむり杳と行方の知れぬかな
うらぶれの果ての滑稽日和かな
咳きを朱のごとくしてゐたりけり

箒柄も一隅を得て年送る

昭和五十九年

初夢の阿呆に覚めてしまひけり

気の遠くなるほど眠り雪景色

観世音仏飯に鵯ゆるされよ

菜の花や産後眩ゆきばかりなり

医は仁に筍掘つて貰ひけり

梅雨じめり家の匂ひが本能に

花桐や髭の弾力育てつつ

荷作りの荷に跨るや夏の河

芍薬を見捨てたるにはあらねども

ラムネ玉今日は蹉跌の日なりけり

老獪のままの残暑でありにけり

夜霧とは川のひたすらなるときに
泡立草背広を糧の上着とす
鵙の贄の高きは雪の謀りごと
潮騒のまた潮騒の男郎花

昭和六十年

鏡餅まはり明るく暮れにけり

鶯餅少女を口に食ふつもり

風花の端見えてゐて染櫓

蹠の血が替はるとき雪解川

産声は冬の雲雀をあげにけり

雪花火神慮に打たれゐたりけり

鷹鳩と化してウイスキーボンボンよ

雪焼けの翁に化して眠りをり

もともとは手で食べるもの花の中

春火事のあと白昼のこりけり

燕来し川を莞爾と思ひけり

葉桜の上の葉桜蟇の声

姫女苑雀の山となりにけり
飴色にまづ落下して子蟷螂
雨けぶり傘のけぶれり蓮如の忌
上の上に高くあるとき夏薊

直幹を直情と見て竹煮草
舟虫の敷居にをりぬ原子炉港

鉄橋の眺め

磯貝碧蹄館

桜前線美髯増やして待ちにけり
裸にて人を替へたるごとくをり

松山足羽は前から俳句の巧い人である。その巧者が、いまごろになって第一句集を出すということが、実感としてピーンとこないというのが、親友としての率直な感想なのである。例えば、この抽出した桜前線の句、「美髯増やして」などという機微を捉えたありようは他に類を見ない。また、「にて俳句」の落ちこむ説明的機能を、はなから手玉に取った、中七の変幻ぶり、俳句のもつどんでん返しの面白さを十分に発揮した句を見ても巧い作家だということが解る筈である。俳句は一人称とか、自己表現のためにあるとか言われるが、そうすると、この美髯の主は松山氏自身のように思われるが、氏には口髭も顎鬚も頬髯も似合わない、というよりも粉飾や偽装に近い変貌など容易にできない、真面目さ（照れ屋だからという方がいいかも知れぬ）が、良いところなので、だからこの句は、男盛りの艶を秘めた俳句的風趣と受取るべきであろう。

もう一つの「裸にて」は他人のことではなく、本人自身のことと思う。いや断言する。古い洋服箱の中に入っている、昔の写真をあれこれ探していたら、松山足羽の写真が出てきた。昭和三十二・

九・五　国際観光ホテルにて江の島と畏友碧蹄館大兄　と書かれてあるが、二階ロビーのような処で、すぐ前の通りは車の雑踏、細い板を丸く型どったテーブルでソーダ水を飲んでいる小憩の図だが、上半身裸で、よく伸びた背中に、鉢植らしい椰子の葉を背負っている。この句の「人を替へたるごとくをり」で、服装をととのえている時の人間像が逆に鮮やかに浮かんでくるし、生れながらの姿が、傍若無人そのもののようにも錯覚する。人間世界の奇妙な判断をハタと教えられる。

僕が言うと場違いのように思われ（事実そうだが、）沙翁のソネット集に、歳月が経てば、「きらやかな青春の装いも、値打のないぼろ服同然としか見てもらえなくなる」という行があるが、若者の肉体をこそ、魂の衣服としているようだ。松山氏は一と息入れながら魂の衣服に風を当ててやる。氏は少年時に家業が倒産して、家郷を後にしたようだが、俗にいう弊衣貧窮の苦しみを、左程には負わなかったのではあるまいか。裸というのは正直なものなのだ。衣服を脱ぐと、教育や家庭、人間のありようが、嘘隠しなく表われてしまう。氏の裸身は品性をもち、温かく伸びやかに撮されている。この句とは違う、青春を感じさせる一枚の写真を貴重なものと思っている。

心すでに妻とし青き踏みゆけり
花の駅の中なる君を見失はず
竜胆や乙女の声は撥ねかへり
母と子にすぐやはらかき苜蓿

昭和二十年から数年の句だが、流石に若々しく、匂うようだ。

象牙婚孔雀まで来て春日浴ぶ
花林檎きのふのけふの妻愛す
蟇のほか入る隙もなき満月よ
待宵草妻に呼ばるるごとくかな

僕は、たぶん昭和二十六、七年頃からのつき合いだから、新婚当時の氏のことは知らない。でも、親子四人の仲睦まじい家庭にはずいぶん訪ねては美しい夫人の手料理をご馳走になったものである。まさに、昨日の今日のような気がする。

雪礫海に吸はれてゆくが見ゆ
群羊としづかなるもの冬の海
菱採りに障子洗ひの波の来る
雪解風に炭団の灰をとられけり
母の国長いすすきの吹きそろふ

抛物線を描くようにして、氏の眼が雪礫のあとを追っているのが、美しく見える。菱採りで見た障子洗ひの波は、見事な写生であるが、自然の動きを享けとる優しいこころねがある。酒盃を交しながら、母の国を語り聞いた、この「長いすすき」の句を聞いた覚えがある。松山氏は本質的には愛の人なのだ。愛はどのような姿をして、氏の前に現われてくるか、その期待が、氏を少年のように明るく爽やかにさせるのだ。

大試験地球の丸きこと如何に
横町を竹馬が来て二月来て
噫して木曾山中と知らすなり
雛の間の見えてゐるなり理髪椅子
鱓が一番鮫が二番と涼しかな
不渡りの紙一枚のさくらどき
鬣は馬のせつなさ月見草

地球は何故まるいのか、僕なら「四角だと回転するのに難儀だから」と答案用紙に書くかもしれぬ。受験者と同じ立場になって、思考する、そして氏は子弟を胸奥に包みこむ。氏は、光学関係の会社の幹部として勤めていた筈で、誰でも厄介なことにぶつかることが何度もあろうと思うのだが、「さくらどき」と自然への哀惜に思いを移す。「鬣は」は自他一体の愛撫哀歓。詩の鏡をとおして、氏は自他の内部をも映す。

僕もそうであるように、氏も分別盛り、いやその頂点に立つ年齢になってきた。

蟇鳴くや濤の出会ひが高くなり
野鼠のひっこみつかぬ桃の花
鰯雲大団円にあるごとし
鴛鴦眠り山の眠りのつのるなり

自転車は地のやさしさや天の川

鹿尾菜干す大事な道と思ひゆく

鉄橋を決意としたる雪解川

移り行く実相の世界に戸惑うことなく、微笑をさえ齎らしているようだ。俳優の石橋正次が、大分前に「鉄橋を渡ると君の家が見える」と唄ったことがあるが、鉄橋は時空を繋いで昨日と明日への橋渡しをする。氏が編上の革靴を穿いた一人の少年として渡った鉄橋はいまも脚を張って立っている。自転車の句と、この句を読んでいたら目が熱くなってきた。「鉄橋」松山氏に適わしい句集の題である。おめでとう。

あとがきⅠ

少年の頃に故あって出郷した。生家は福井市錦上町（現在―順化二丁目「片町」）で、教育者であった父が退職後に始めた松山楽器店と福武自動車が倒産し、一人で大阪へ旅立った。生れてはじめて皮靴を餞別に買ってもらって汽車に乗り足羽川の鉄橋を渡った。

それからの私の人生だが、今日まで、福井―大阪―中国上海―応召―終戦引揚―福井―大阪―沖縄―東京―佐倉を数次にわたって往き戻りし、この間の転居を数えてみたら二十数回になっている。生れてこの方の大半は、屈折の多い漂泊の長い歳月であったと思う。

句歴は昭和十三年頃からだが、昭和十四年（十七歳）大阪心斎橋明治製菓二階ホールで釋瓢斎主宰「趣味」本社句会に初めて句会に参加、つづいて「ホトトギス」に投句、入選もしている（戦前は俳号「松山陽水」戦後は「松山足羽」名を乗る）。

その後の俳の遍歴はさまざまなものだ。二十年近くを、中断し、復活し、休俳し、を繰りかえした。転地転住をたびかさねるごとく「山茶花」「寒雷」「花実」「鶴」などに短い期間参加した。また、若気の至りで自らも「へちま」を主宰したりもした。しかし、昭和三十年に職場の転勤から上京し、次第に社業に専念し以降十五年間は一句だに作句がない。再々の休俳の長かったことは残念ではあるが悔はない。

昭和四十五年角川源義主宰「河」に入会。投句一年目に源義主宰から東京句会へ参加するように手紙を貰った。そのときから今日に至って継続している。休俳が長かったことが俳人として失格であり惰眠であったと、気がついてからは倍して勉励するようにした。昭和五十四年進藤一考主宰「人」創刊により、創刊同人、創刊号より今日まで「人」誌発行所を担当している。復活するまでは師系に恵まれなかったが、角川源義―進藤一考を師系に仰いでからは恩寵に報ゆるべく尚俳の道を極めたいと思う。

句集『鉄橋』は私の第一句集である。処女句集であるから少年の頃の拙ない作品、中断し、また休俳途次の未熟なものもあるが、併せて―(俳句遍歴)―のありのままを晒して発表した。汗顔の至りである。

句集上梓に当っては、師進藤一考主宰には懇篤過褒な序文を賜り厚く御礼を申し上げます。また、俳誌「握手」磯貝碧蹄館主宰より私の長年の詩兄として、格別の友情に真情溢るる跋文を寄せて戴き喜びの念で一ぱいです。写真（足羽山風景）は福井新聞社島津天平氏（俳誌「幹」編集長）の御好意によって飾ることが出来ました。
出版に際しては本阿弥書店室岡秀雄様他御担当の方々の御配慮ありがたく存じます。つけ加えてもう一つ、私の来し方の俳縁にかかわった諸先生・先輩・諸兄姉の皆様にも御礼を申し上げます。

昭和六十一年十一月

松山足羽

足羽山より福井市街をのぞむ　　撮影　島津天平

あとがきⅡ

第一句集『鉄橋』を公にしたのは六十四歳、晩生の出版だった。作品は昭和十五年（十八歳）～六十年（五十九歳）までのもので、ふり返って既に三十年近い歳月になっている。

少年時から「俳」の道（人生への道連れ）にかかわって来たことで、今日、只今は米寿（八十八歳）という不可思議な齢になった。「俳」への習いから人生への習得に学んだことの紆余曲折は悔いのない春秋だった。

その取っ掛かりの句集『鉄橋』を、東京四季出版の松尾社長から文庫本として復刻のお誘いを頂いたことお礼申し上げたい。

読み返してみると、無声映画の再上映に我を見たことで気恥ずかしい懐しさといとおしみが甦ってきた。

平成二十二年　秋

松山足羽

著者略歴

松山足羽（まつやま・あすわ）　本名・敬夫（たかを）

大正一一年　福井市に生る
昭和一五年　「ホトトギス」「趣味」に投句を始む
昭和二三年　田村木国主宰「山茶花」に参加
昭和二八年　加藤楸邨主宰「寒雷」、皤谷東吾主宰「花実」に参加
昭和四五年　角川源義主宰「河」に入会
昭和四九年　「河」同人、俳人協会会員
昭和五四年　進藤一考主宰「人」創刊同人（発行所代表）
昭和五七年　「人」結社賞
昭和六三年　「川」創刊主宰
現　　在　俳人協会幹事
著　　書　句集『鉄橋』『坐高』『山河』『愛の欲し』『男唄』『自註・松山足羽集』、評論エッセイ『俳句から俳句へ』ほか
現住所　〒285-0843　千葉県佐倉市中志津四－四－一
電　話　〇四三－四八九－九六八五

俳句四季文庫

鉄　橋

2010年9月1日発行

著　者　松《まつ》山《やま》足《あす》羽《わ》

発行人　松尾正光

発行所　株式会社東京四季出版

〒160-0001 東京都新宿区片町 1-1-402

TEL 03-3358-5860

FAX 03-3358-5862

印刷所　あおい工房

定　価　1000円（本体952円＋税）

ISBN978−4−8129−0633−0